William Kurelek · Die Krähen nehmen den Sommer mit

3   2   81   80
Alle Rechte der deutschen Ausgabe
liegen beim Otto Maier Verlag Ravensburg
Die kanadische Originalausgabe erschien unter
dem Titel „A Prairie Boy's Summer" und
„A Prairie Boy's Winter" by Tundra Books of
Montreal
© 1975 und 1973 by William Kurelek
Printed in Germany
ISBN 3-473-33532-0

William Kurelek

Die Krähen nehmen den Sommer mit

Eine Kindheit in der Prärie

Mit einem Begleitwort
von Peter Härtling
Aus dem Englischen
übertragen
von Fritz Deppert

Otto Maier Verlag Ravensburg

Ein paar Sätze für dieses Buch

Liebe Leser,

jedes Mal, wenn ich ein VORWORT schreiben soll, denke ich über dieses Wort nach. Ich finde, es stimmt nicht ganz. Es sagt bloß, wo ich die Wörter schreibe: vor dem Buch. Aber ich schreibe die Wörter, die Sätze ja vor allem für ein Buch. Also müßte ich es ein FÜRWORT nennen. Aber das ist wieder etwas anderes. Und mit Grammatik will ich Euch wirklich nicht ärgern. Immerhin versteht Ihr jetzt, weshalb ich diese Überschrift gewählt habe und keine andere.

Ich kenne das Buch von William Kurelek und seine Bilder schon eine Weile. Da ich die Bilder so schön und so fremd fand, hab ich zuerst einmal sie angeguckt. Und ich bin ein Freund Wilhelms geworden. Ich hab mit ihm gespielt, gearbeitet, geschwitzt und gefroren. Ich hab sogar seine Luft geatmet, weil sie mitgemalt ist, weil man sie nicht nur sieht, sondern beim Anschauen um sich herum spürt.

William Kurelek hat sich in seine Kinderzeit zurückgemalt. Er hat wohl Sehnsucht gehabt nach dem abwechslungsreichen, aber auch harten Leben auf dem Bauernhof in Kanada. Darum sind seine Bilder auch so genau, so lebendig. Wenn wir die Augen zumachen und an ein besonders schönes und aufregendes Erlebnis denken, dann machen wir uns selber solche Bilder.

Die Erwachsenen vielleicht mehr als die Kinder. Aber da bin ich gar nicht so sicher.

Erst habe ich geguckt und danach gelesen. Die kleinen Geschichten und Berichte von William, der in der deutschen Übersetzung Wilhelm heißt, erzählen noch eine Menge Wirklichkeit dazu. Vieles kennen wir. Vieles auch nicht. Von Wilhelm erfahren wir, wie es auf einem Bauernhof in der Prärie zugeht. Aber wir erfahren vor allem, wie gerne er lebt, mit Menschen und Tieren zusammen ist, wie er Erfahrungen sammelt, auf Entdeckungsfahrten geht. Fritz Deppert, der die Geschichten ins Deutsche übersetzte, hat es gar nicht so leicht gehabt. Denn er mußte Wörter finden, Sätze bauen, die uns die Freuden und Erfahrungen von Wilhelm miterleben lassen. Das ist ihm, meine ich, gut gelungen. Ich auf jeden Fall kann mich überhaupt nicht mehr von den Bildern und Geschichten trennen. Oft wünsche ich mir, mit Wilhelm durch den Schnee zu stapfen, den Frost auf den Backen zu fühlen, oder ich habe Lust, mit ihm Feuer auf dem Herbstfeld anzuzünden oder Pfeile in den wunderbar blauen Himmel zu schießen. Ich bin sicher, es wird Euch auch so gehen.

Peter Härtling

Die Katze Kitka

Im Juni fängt der Sommer an. Er beginnt mit Prüfungen in der Schule und viel Arbeit auf der Farm. Unter die Dachvorsprünge an den Ställen haben die Schwalben Nester geklebt. Wilhelm freut sich, wenn die Schwalben an ihren Nestern bauen, gibt es bald Ferien. Die Katze Kitka aber hat jetzt ein schweres Leben. Wenn sie in die Nähe der Ställe läuft, stürzen sich die Schwalben eine nach der andern schreiend und schimpfend auf sie.

Sie hat es aufgegeben, nach ihnen zu springen und eine zu fangen; sie tut so, als sähe sie die Schwalben nicht, nur ihr Schwanz zuckt ärgerlich.

Kitka gehört zur Farm. Die Kinder lieben sie. Sie darf ins Haus und am Ofen liegen, das ganze Jahr über. Die anderen Katzen müssen in der Scheune schlafen. Wilhelm hat schon mit Kitka gespielt, als sie noch ein kleiner Ball aus Fell, Ohren und Schwanz war. Diesen Sommer ist sie sieben Jahre alt.

Wenn die Kühe von der Weide kommen, weiß sie, daß es frische Milch gibt. Trotz der Schwalben läuft sie vor der Mutter, die die Eimer zum Füttern und Melken trägt, auf den Stall zu. Wilhelm, Hans und Nancy treiben die Kühe in den Stall.

Wilhelm übt fürs Schulfest

Wilhelm freut sich auf die Ferien und er freut sich nicht, weil er weiß, wieviel Arbeit es auf der Farm auch für ihn geben wird, mehr Arbeit als im Winter. Die Schule macht ihm Spaß. Er braucht keine Angst vor dem Zeugnis zu haben.

Das große Sportfest steht bevor. Drei Schulen aus der Umgebung treffen sich zum Wettkampf um einen Preis für die beste Schule. Welche Schule wird die beste sein? Alle üben eifrig, sie rennen um die Wette, sie springen weit und hoch. Viele sind besser als Wilhelm, er ist kein guter Läufer und Springer, darum freut er sich auch nicht auf das Fest. Er übt besonders eifrig. Er will die andern nicht enttäuschen, wenn sie gemeinsam gegen die zwei Schulen kämpfen. Er schafft es auch schon ein bißchen besser über die Latte als am Tage vorher. Sie vergessen sogar die nächste Unterrichtsstunde. Auch die Lehrerin vergißt sie. Sie steht am Hochsprung und erklärt, wie die Kinder es noch besser machen können. Auch sie will, daß ihre Schule den Preis gewinnt.

Das Fest

Am letzten Schultag ist es soweit! Die Lehrer und Schüler der
drei Schulen versammeln sich auf einer großen Wiese. Auch die
Eltern sind zum Fest gekommen. Auf der Wiese sind Linien
gezogen und Seile gespannt für Spielfelder und Start und Ziel.
Die Lehrer sind die Schiedsrichter. Die Wettläufer stellen sich
mit den Zehen auf die Startlinie. Sie warten darauf, daß die
Lehrer rufen „Fertig! Los!". Die Kinder und die Eltern feuern sie
mit Rufen und Klatschen an. Manchmal wirft ein Vater, wenn
sein Kind besonders gut war, die Mütze in die Luft.
Das Spiel, das jetzt kommt, macht Wilhelm gern mit, weil er
Kraft hat: Schubkarrenwettlaufen. Wilhelm legt sich am Start
auf den Rasen. Sein Freund Georg packt ihn an den Beinen, hebt
sie hoch. „Auf die Plätze, fertig, los!" Wilhelm stützt seinen
Oberkörper auf die Hände und läuft mit den Händen. Georg
schiebt an seinen Beinen hinterher. Zwei Lehrer halten eine Schnur.
Wer sie ohne Absetzen zuerst erreicht, hat gewonnen.
Neben Wilhelm fällt einer um, ein andrer berührt das Gras mit
den Knien, sie müssen ausscheiden. Wilhelm und Georg werden
Zweite. Sie haben eine Pause verdient und laufen zum Stand mit
den Süßigkeiten.
Jetzt kommen die Ballspiele, und dann werden Würste auf dem
Feuer gebraten. Wilhelms Schule hat den Pokal gewonnen.
Vielleicht nur deshalb, weil sie die meisten Schüler hat. Aber das
zählt jetzt nicht mehr.

Die kleinen Regenpfeifer

Wilhelm und Hans lieben die Vögel. Besonders die Regenpfeifer, die in den Wiesen ihre Nester bauen. Wenn sie die Herde auf die Weide bringen oder sie zurück zur Farm treiben, achten sie darauf, daß keine Kuh auf das eine Nest tritt, das sie entdeckt haben. Wilhelm hat die Vogelmutter einmal beim Füttern über-rascht und das gut getarnte Nest gefunden.
Die jungen Vögel stehen auf Beinen, dünn wie Zahnstocher, und piepsen vor Hunger. Als Wilhelm sich vor das Nest hockt, um sie zu betrachten, laufen sie weg. Sie können noch nicht fliegen. Trotzdem haben Wilhelm und Hans viel Mühe, die kleinen, weichen Fläume wieder einzufangen. Sie können fühlen, wie das Herz in ihrer Hand klopft. Sie setzen sie in das Nest, streicheln sie, reden mit ihnen, bis sie sitzenbleiben. Auch die aufgeregte Vogelmutter versuchen sie zu beruhigen und rufen ihr zu: „Wir tun deinen Kindern nichts. Wir haben euch gern."
Als die Mutter vom Acker mit den Kohlköpfen her laut ruft: „He, warum treibt ihr die Kühe nicht nach Hause?" laufen sie zur Herde und bringen sie auf den Weg. Hinter ihnen flattert die Regenpfeifermutter zu ihrem Nest.

Der Cowboy, der die Kühe hütet

Wilhelm muß jetzt alle Tage die Kühe hüten. Der Hund hilft ihm dabei, und es scheint eine leichte Arbeit zu sein. Die Kühe stapfen träge im saftigen Gras hin und her. Wilhelm liegt im Gras, ein paar Schritte von der Herde weg, und liest eine Geschichte aus dem Wilden Westen, die er sich von Stefan geliehen hat.

Solange er liest, ist er ein berühmter Cowboy mit einem schnellen Pferd, einem Lasso, mit silberbeschlagenen Stiefeln und zwei Colts. Aber die Kühe lassen ihn nicht lange lesen. Wenn er zwei oder drei Seiten gelesen hat, verabreden sie sich, auf eine andre Wiese zu laufen, weil sie meinen, dort sei das Gras fetter. Oder sie laufen in das nächste Kornfeld. Gerade wenn er eine besonders spannende Stelle liest, laufen sie weg. Er muß seinen Helden im Buch, der in einen Hinterhalt geraten ist, im Stich lassen und hinter ihnen herlaufen.

Wütend nimmt er seine Schleuder und schießt mit Kieselsteinen gegen die Hörner der Leitkuh. Sie bleibt erschrocken stehn. Einen Augenblick fürchtet Wilhelm, er habe ihr wehgetan. Dann aber trottet sie zurück. Die andern folgen ihr. Eine halbe Stunde später laufen sie schon wieder in das Kornfeld.

Unkrautfeuer

In den heißen, trockenen Sommertagen nach der neuen Aussaat und vor der Ernte wird das Brachland bearbeitet. Es hat ein Jahr ausruhen dürfen, um wieder fruchtbar zu werden. In der Zeit wächst Unkraut, Queckengras breitet sich aus und klebt mit langen Wurzeln und dichten, ineinanderverflochtenen Halmen am Boden. Der Vater muß es mit der Egge ausreißen, Wilhelm läuft hinterher und zieht nach ein paar Metern das Gras aus den Zähnen der Egge. Dann recht er mit Hans das Kraut zu Haufen zusammen. Die Haufen werden angesteckt und verbrannt.

Trotz des Feuers ist es keine angenehme Arbeit. Die Kehle wird trocken und kratzt vor Staub. Die Schultern schmerzen vom vielen Bücken hinter der Egge. Mehr Spaß macht es, Streichhölzer aus Vaters Tasche zu holen und den ersten Haufen mit Ranken und Wurzeln anzuzünden. Wenn er brennt, laufen Wilhelm und Hans mit einer Heugabel voll angezündetem Kraut von einem Haufen zum andern und stecken sie an. Dann stehen sie bei dem letzten brennenden Queckenhaufen und sehen dem Feuer zu. Kleine Wirbelwinde tanzen über den Feuern in den blauen Himmel. Über allen Feldern flirrt die Luft. Vater sagt dazu: „Ein kleiner Teufel feiert Hochzeit."

Heuernte

Wilhelms Vater hat viele Kühe. Weil sie auch im Winter gefüttert werden müssen, lernt Wilhelm, wie man aus einer Wiese einen Heuhaufen macht. Zuerst wird das Gras mit der Mähmaschine geschnitten, sie klappert langweilig über die Wiese und Wilhelm freut sich über jede Abwechslung und wenn es nur ein Frosch ist, der aufspringt und sich in Sicherheit bringt.
Wilhelm mag den Heugeruch. Das viele Rechen, wenn das Heu gewendet wird, damit es von allen Seiten trocknet, mag er nicht. Davon kriegt er Muskelkater in den Armen und im Kreuz.
Mit einer anderen Maschine kämmt Vater das trockne Heu zusammen. Die Kinder dürfen auf dieser Maschine nicht fahren, weil die Pferde unruhig sind und bocken. In der Wärme der Sonne kriechen die Pferdefliegen aus ihren Maden im Heu und stürzen sich auf die Pferde.
Auf dem Feld baut Wilhelm einen riesigen Heuhaufen, Vater und Mutter werfen ihm das Heu zu, er steht obendrauf und schichtet es zu einem festen Berg, der auch Wind aushalten kann. Einmal, als sie nicht fertig geworden sind und nachts Sturm kommt, müssen sie aufs Feld, den angefangenen Haufen fertigschichten. Zerzaust, naß und müde kommen sie erst in der Morgen-dämmerung nach Hause.

Gewittersturm

Die meisten Gewitter gibt es am Nachmittag nach einem schwülen
Morgen. Mutter beobachtet die dunklen Wolken. Sobald sie auf die
Farm zutreiben, ruft sie: „Treibt das Geflügel rein, schließt
die Tore!" Sie züchtet Truthähne, Gänse und Hühner.
Zum Glück sind Truthähne nicht so dumm wie Hühner. Wilhelm
und Nancy jagen die Tiere in den Stall.
Der Himmel klafft auf: ein krummer Dolch aus Licht, der Blitz!
Vor Schreck zieht Wilhelm das Genick ein. Er weiß, dem nahen
Blitz wird beim Sturm ein lauter Donner folgen. RUMPS! Die Erde
zittert. Wenn die Blitze nicht bei der Farm einschlagen, sieht
er ihre gezackten Lichter gern, auch das langnachhallende
Rumpeln nach Blitz und Donner hört er gern. Wenn es rumpelt,
ist die Gefahr vorüber.
Nachts hat er trotz des Blitzableiters auf dem Dach Angst.
Die Blitze, der Donner wirken unheimlich, sie wandern blendend
und polternd zwischen Erde und Himmel hin und her, und er hat
Angst, sie zünden das Haus an.
Manchmal überrascht ihn das Gewitter auf dem Feld. Er weiß, daß
er sich nicht unter einen Baum stellen darf, auch wenn er bis
auf die Haut naß wird. Bäume ziehen den Blitz an.

Mais für das Silo

Neben Heu ist Mais das wichtigste Viehfutter. Er wird in einem
großen Silo eingemacht. Weil die Tiere nur die Stiele fressen,
wird Mais gepflanzt, der keine oder nur kleine Kolben hat.
Er wird grün geschnitten und in das Silo gestapelt, bevor er
trocken ist. Dort wird er in seinem eigenen Saft und durch sein
eigenes Gewicht zu einem haltbaren Viehfutter.
Im Frühsommer, wenn der Mais einen Fuß hoch ist, muß das Feld
sorgfältig bearbeitet werden. Die Erde muß an den Wurzeln der
Pflanzen angehäuft, zu dicht stehende Pflanzen müssen gejätet
werden. Wilhelm lernt mit der Maschine umzugehn, die die Erde
häufelt. Weil sie ruhig und gleichmäßig arbeitet, fängt er an
zu träumen. Er träumt von etwas, das wahr werden kann. Wenn er
weiter so gut in der Schule vorankommt, darf er die Schule in
der Stadt besuchen. Es ist eine höhere Schule. Dort wird er
neue Freunde haben. Von den neuen Freunden träumt er.
Er erzählt ihnen seine Abenteuer hier, von der Katze Kitka, von
den Regenpfeifern und vom Gewittersturm. Die Maschine unter
ihm schaufelt und schaufelt.

Kühe melken

An heißen Tagen melkt Wilhelm nicht gern. Im Stall tanzen
tausend aufdringliche Fliegen. Draußen ist der Himmel blau,
vielleicht weht sogar ein frischer Wind. Im Stall ist es heiß wie in
einem Backofen. Wenn Wilhelm melkt, muß er den Kopf
gegen den heißen, keuchenden Kuhbauch drücken, weil er sonst
nicht an das Euter kommt. Wenn er nicht melkt, steht er bereit,
den vollen Eimer wegzuziehn, bevor die Kuh ihn umtritt oder
mit dem dreckigen Schwanz in die Milch schlägt. Es ist schon
schlimm genug, daß sie ihm den Schwanz um die Ohren schlägt,
weil sie die Fliegen verjagen will. Nancy hilft ihm, sie hält
den Schwanz einfach fest, bis er mit dem Melken fertig ist.
Um sich mit einem Spaß von der Hitze zu erholen, spritzt er
Milch aus den Zitzen auf die Katzen, die auf ihre Abendmahlzeit
warten. Der Strahl trifft sie plötzlich. Sie springen mit
allen vier Pfoten gleichzeitig in die Luft. Wilhelm lacht.
Nach dem Schreck sitzen sie und lecken geduldig die Milch
aus ihrem Fell.
An Tagen, an denen Mutter nicht helfen kann, muß Wilhelm zehn
Kühe melken, dann schmerzen die Handgelenke. Als Vater eine
Melkmaschine kauft, ist er der glücklichste von allen.

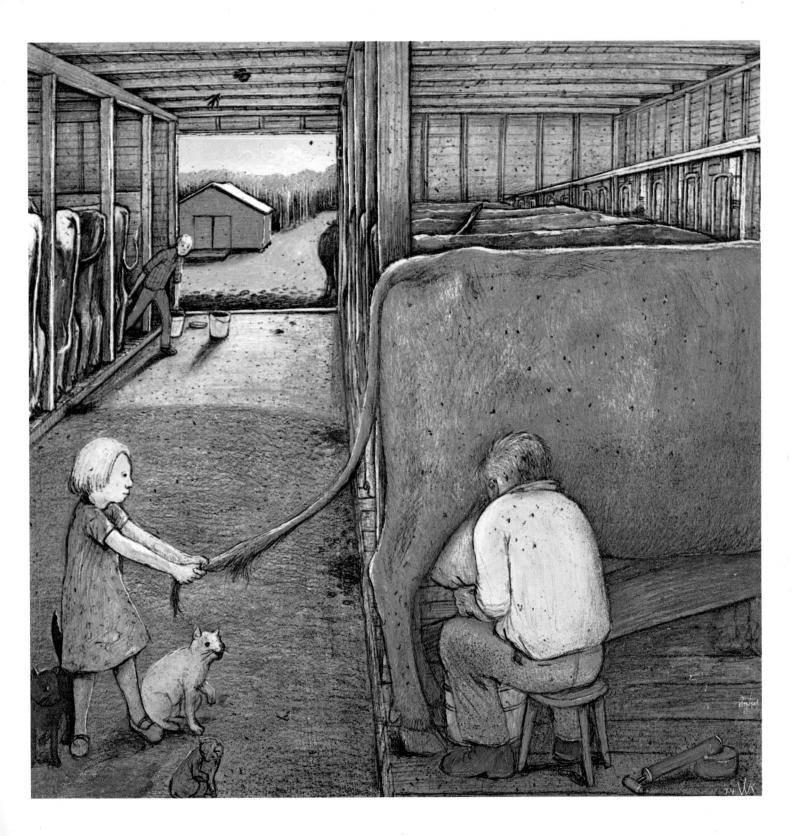

Feuer und Rauch

Im Sommer ist das Vieh einfacher zu halten als im Winter, vor allem seit Vater einen elektrischen Zaun gekauft hat. Die Jungen müssen nur noch das Wasser für den Durst der Kühe pumpen. Aber an Sommerabenden gibt es auf den Viehweiden noch ein Lebewesen, das Kühe mag. Aus den Sümpfen im Osten kommen Wolken von Moskitos. Weil sie die Kühe stechen und Krankheiten übertragen, muß Wilhelm bei Sonnenuntergang ein großes Rauchfeuer machen. Ein Rauchfeuer ist etwas anderes als ein fröhlich flackerndes Feuer. Vater zeigt ihm, wie er eine Lage trockenes Stroh mit einer Lage nassem Stroh mischen muß, damit das Feuer glüht, raucht und nicht flammt. Es raucht die ganze Nacht und vertreibt die Stechfliegen. Nur wenn es windstill ist, steigt der Rauch gradewegs in den Himmel, aber das ist selten. Die Pferde sind unhöflich. Sie vertreiben die Kühe mit Stößen und Bissen von den besten Rauchplätzen. „Richtige Raufbolde", denkt Wilhelm und muß husten. Der Rauch beißt. Vater hat feuchten Dung unter das Stroh gemischt, damit es noch dichter qualmt.

Das Korn wird geerntet

Obwohl Wilhelm erst zwölf Jahre alt ist, muß er zum ersten
Mal den Traktor bei der Kornernte fahren. Vater hätte vielleicht
noch zwei Jahre gewartet, aber der Krieg verhindert, daß er
Helfer für die Ernte einstellen kann. Wilhelm weiß, daß
irgendwo Krieg ist.
Der Traktor zieht zwei Mähbinder. Sie schneiden das Korn und
binden es zu Garben. Vater sitzt auf dem ersten Binder, Hans
auf dem zweiten. Die Binder sind alt, wenn einer bricht, muß
Vater ihn reparieren. Das kostet Zeit, und sie müssen Korn-
schneiden bis in die Nacht. Danach fallen sie todmüde ins Bett.
Sie waschen sich nicht einmal den Staub ab.
In dem Jahr, in dem Vater einen neuen Traktor kauft, wird es
für Wilhelm leichter. Jetzt sieht er die Tiere, die aus dem
Korn fliehen: Rebhühner, Erdeichhörnchen, Kaninchen, Stinktiere.
Der Hund lauert, rennt hinter ihnen her, übers Stoppelfeld, ins
Korn hinein, aber er kriegt sie nicht. Wenn er einem Stinktier
zu nahe kommt, jagen ihn alle Stunden danach noch weg, so
stinkt er.

Garben stellen

Wenn in der Erntezeit Regen fällt, stellen die Farmer das
gemähte Korn in Garben zum Trocknen auf. Korn, das feucht
bleibt, verliert die Körner und taugt nur noch als Viehfutter.
Mutter ist die beste Garbenstellerin. Sie zeigt Wilhelm, wie
er es machen soll. Sie packt zwei Bündel an den Bindeschnüren,
stellt sie mit den Ähren gegeneinander. Dann holt sie zwei
andre Bündel unter den Armen herbei und stellt sie links und
rechts dagegen. Das ganze sieht aus wie ein Zelt. Der Regen
rinnt ab, Wind pfeift durch die Lücken und trocknet das Korn.
Das Stroh kratzt und sticht. Darum zieht Wilhelm lange Hosen
und Handschuhe an. Vor allem Gerste stellt sich schlecht.
Wenn ein Spelz in den Mund oder in die Kehle gerät, hakt er
sich fest. Und Wilhelm meint, er erstickt, bis er ihn mit den
Fingern wieder rauskriegt. Dafür haßt er die Gerste. Auch
trübes Sommerwetter mag er nicht, es macht ihn traurig.
Daran ändert auch die Mäusejagd nichts. In feuchten Sommern
vermehren sich die Mäuse mehr als sonst, sie fressen das Korn
und müssen gefangen und getötet werden.

Pflügen

Eine langweilige, einsame Arbeit, eine Arbeit, um am Tag einzuschlafen. Der neue Traktor stampft mit den beiden Zylindern im Motor und hält ihn wach, der Auspuff pustet das Echo hinterher. So geht es den ganzen Tag, bis es dunkel wird und Wilhelm die Furchen, die er schnurgerade zieht, nicht mehr sehen kann.

Vater stellt die Pflugscharen so ein, daß sie den Boden in der richtigen Tiefe aufpflügen. Feldauf, feldab im Viereck, bis kein grüner Fleck mehr zu sehn ist. Pausen gibt es nur, wenn Nancy Essen bringt oder wenn der Treibstoff verbraucht ist. Wilhelm traut sich nicht, den Motor abzustellen, weil er nicht den Dreh raushat, das Schwungrad so anzuwerfen, daß der Motor anspringt. Einmal braucht er zwei Stunden und seine Hände sind voller Blasen. Seitdem tankt er rechtzeitig. Die Ölfässer sind zu schwer, sie zu heben. Wenn er allein ist, saugt er das Öl mit einem Schlauch an, bis es in die Kanne läuft. Manchmal bekommt er einen Schluck in den Mund. Es schmeckt scheußlich. Er spuckt eine ganze Weile aus, um den Geschmack loszuwerden. Hinter dem Pflug fliegen Möven. Sie fressen Würmer oder Käfer, die aus der gepflügten Erde kriechen. So hat Wilhelm immer Gesellschaft.

Der Schweinezaun

Die Kühe, die Pferde, die Kälber, die Hühner, die Schweine –
alle versuchen auszubrechen. „Mein halbes Leben muß ich Tiere
einfangen", denkt Wilhelm. Die Schweine machen den meisten
Ärger. Sie wandern den Zaun entlang und wühlen solange, bis
ein Loch unterm Zaun ist. Dann hauen sie ab. Niemand weiß,
wohin sie gelaufen sind. Wenn sie endlich gefunden werden,
laufen sie überallhin, nur nicht zur Farm zurück.
Wenn wenigstens nur ein Schwein in der Umzäunung zurück-
geblieben ist, hat der Vater ein gutes Mittel, die anderen
zurückzukriegen. Er packt das eine Schwein am Ohr oder an
einem Bein und zieht. Es quiekt so laut, daß die andern es
weithin hören. Sie kommen zurückgelaufen und wollen helfen.
Wenn sie im Gatter sind, schließt Wilhelm das Tor, und sie
sind eingefangen.
Hans und er reparieren den Zaun. Die ganze Zeit stehn die
Schweine neugierig äugend und schnaubend vor ihnen.
„Ich wette", sagt Wilhelm, „die rechnen sich aus, wie sie das
Loch am schnellsten wieder aufkriegen."

Pfeil und Bogen

Wenn das Korn gedroschen wird, ist der Sommer vorbei. Es gibt die ersten Nachtfröste. Der Herbst beginnt. Am ersten September fängt die Schule wieder an. Den ganzen Sommer über hat das Schulhaus still geschlafen. Im hohen Gras haben die Erdeichhörnchen Höhlen gebaut. Die Farmer nennen sie eine Pest. Wenn es viele gibt, zahlt die Gemeinde für jedes gefangene Tier eine Mark. Vom Schulhof aus sieht Wilhelm die Strohhaufen, die bis zum Horizont auf den Feldern geschichtet werden. Er hat ein schlechtes Gewissen, weil er Pause hat, während die Eltern hart arbeiten müssen. Aber sein Vater hält die Schule für genauso wichtig wie die Arbeit auf dem Feld.

Die Jungen haben einen neuen Sport entdeckt: das Bogenschießen. Wilhelm ist sehr geschickt im Schnitzen. Sein Bogen und seine Pfeile fliegen weit und genau ins Ziel. Endlich ein Sport, bei dem er Erfolg hat! Er hat gelesen, daß man auch mit den Füßen den Bogen spannen kann. Alle legen sich in das Gras und versuchen es. Es geht gut. Die Pfeile fliegen hoch hinauf und bis auf die Weide über der Straße. Die Jungen haben das Gefühl, als eroberten sie mit ihren Pfeilen die ganze weite Prärie.

Erster Schnee

Der Himmel hängt schwer und grau auf der Erde. Wilhelm, Hans und Nancy gehn zur Schule. Über ihnen fliegen die Krähen in Scharen südwärts. Sie fliehen schimpfend vor dem harten Präriewinter. Die Blätter fallen von den Pappeln und Eichen.
In den kahlen Baumspitzen werden die verlassenen Krähennester sichtbar. Erst nach fünf Monaten werden sie mit lautem Krächzen zurückkehren und das Ende des Winters ankündigen.
Wilhelm liebt den ersten Schnee. Er hüpft vor Freude und öffnet den Mund, um die erste dicke Flocke aufzufangen, die auf sein Gesicht herunterschwebt.
Die Kühe müssen von den Weiden geholt werden. Jetzt bleiben sie bis zum Frühling im Stall. Nur einmal am Tag werden sie zum Wassertrog getrieben.
Wilhelms Vater hat genug Futter für den Winter, die Scheune ist voll. Vor der Scheune stehn zwei große Kleehaufen im Windschatten. Im Silo gärt der Mais. Die Kühe lieben Silofutter. Sie bekommen eine Forke voll am Tag. Aber ihre Hauptnahrung ist das Heu.

Die Schweine werden gefüttert

Der erste Schneefall hat die Erde zugedeckt, die Sonne scheint auf eine glitzernd weiße Landschaft.

Wilhelm hilft der Mutter die Schweine füttern. Sie schüttet das Futter in den Trog und ruft: „Tschok, tschok, tschok". Die Schweine, die sich im Strohhaufen verkrochen haben, verstehn, daß es Futter gibt. Sie rennen und springen mit den Vorderbeinen in den Trog, so gierig sind sie. Wenn noch nicht alles Futter ausgeschüttet ist, muß Mutter ihnen auf die Köpfe schlagen, damit sie vom Trog heruntersteigen.

Ihre Strohhöhle halten sie sauber. Wilhelm sieht es, als sie zum Markt weggetrieben werden. Er ist mit Hans und Nancy durch den Strohtunnel in die Höhle gekrochen; sie ist richtig gemütlich.

Vom Unkraut, das im Sommer den Pferch so hoch überwuchert hat, daß die Kinder nur mit den Köpfen rausguckten, stehn noch die Stengel. Sie brechen sie ab und werfen sie als Speere in die Luft.

Fuchs und Gänse

Die Spiele der Farmerkinder sind schon von ihren Eltern und Großeltern gespielt worden. „Fuchs und Gänse" spielen sie nach dem ersten Schneefall. Sie stapfen mit den Füßen ein großes Rad in den Schnee der Viehweide vor dem Schulhof. Ein Rad mit acht Speichen heißt „Fuchs und Gänse", eines mit vier Speichen „Katze und Mäuse".
Wilhelm, der später kommt, eilt sich so sehr, daß er mit der Jacke im Stacheldrahtzaun hängen bleibt. Der Fuchs ist schon gewählt oder hat sich freiwillig gemeldet. Er jagt eine Gans, von der er meint, daß sie langsamer ist als er. Wenn er sie fängt, wird sie zum Fuchs. Für einen, der langsam ist, ist es kein Vergnügen, Fuchs zu sein, weil er lange jagen muß, bis er eine Gans fängt. Dazu wird er noch verspottet: „Fang mich doch, fang mich doch, kriegst mich ja doch nicht!" Fuchs und Gänse müssen auf den Speichen des Rads bleiben. Wer sie verläßt oder in den Schnee fällt, muß für ein Spiel ausscheiden. Die Mitte des Rads ist der Stall. Die Gänse, die dort sind, sind vor dem Fuchs sicher. Aber sie laufen immer wieder in die Speichen und necken den Fuchs und hüpfen vor ihm her.

Die Eisbahn

Wilhelm spielt nicht gern Eishockey. Er ist nicht schnell genug, aber er hilft, die Eisbahn zu bauen. Wenn der Boden unterm Schnee hart gefroren ist, fangen sie an. Zuerst stecken sie am Schulschuppen in der Nähe der Pumpe ein Viereck ab, dann schippen sie den Schnee an den Rand des Vierecks zu kleinen Wällen. Wenn das Gras zu sehn ist, tragen sie alle Eimer zusammen, die sie kriegen können, sogar den alten Kupfertopf vom Schulofen. Sie fangen an der Ecke, die am weitesten von der Pumpe entfernt ist, an, Wasser in das Viereck zu gießen, es läuft auseinander und gefriert zu festem Eis.

So gießen sie in den Schulpausen und am Nachmittag die erste Eisschicht. Sie ist holperig. Jeden Tag gießen sie neues Wasser drüber, bis die Bahn glatt ist. Die Torstöcke frieren sie fest und Kratzer, die es beim Spiel gibt, fluten sie mit Wasser zu.

So kriegen sie eine tolle Bahn für Eishockey und Eislauf.

Wird er oder wird er nicht?

Auf der Schneefläche, die sich wie ein Meer über die Prärie streckt und nur von den Drahtzäunen unterbrochen wird, entdecken Hans und Wilhelm Spuren von Präriehasen. Ihre Augen leuchten: „Wir machen Beute!"
Vaters Gewehr kriegen sie nicht. Es ist auch mühsam und kalt, sich im hohen Schnee stundenlang auf die Lauer zu legen. Die Hasen in ihrem weißen Winterpelz sind außerdem kaum im Schnee zu sehen. Das einfachste ist es, Schlingen zu legen. Eines nachts, nachdem sie die Schlingen im Zaun befestigt haben, liegt Wilhelm im Bett wach und bildet sich ein, er höre, wie ein Hase durch die Stille den Zaun langhopst. „Wird er oder wird er nicht in die Schlinge gehn?" fragt er sich. Was für eine Aufregung, als Hans und er am Morgen zwei Hasen finden! Sie sind gefangen und erfroren. Enthäutete Hasen kann man für zwei oder drei Mark verkaufen. Fünf Mark für zwei Hasen, das ist eine riesige Summe für Hans und ihn!

Heu holen

Das Heu auf dem Heuboden in der Scheune reicht nicht den ganzen Winter. Sie müssen zu den Heuhaufen auf den Feldern fahren. Wilhelm liebt die Fahrt durch die gefrorene Schnee-landschaft. Der Heuhaufen hat eine dicke Schneehaube, sie ist durch die Sonne und den Wind fest wie dickes Glas. Er muß sie mit dem Stiel der Heugabel oder mit einer Schaufel in Stücke schlagen und herunterwerfen. Jetzt merkt er, wie wichtig es ist, im Sommer die Heuhaufen fest zu schichten. Überall dort, wo er das Heu nicht gut gestopft hat, ist Regen hineingelaufen, es ist schimmelig geworden und Vater schimpft.
Die Pferde haben kleine Eiszapfen an den Nüstern hängen, bis endlich die letzte Gabel Heu auf dem Wagen liegt. Vater nimmt die Zügel, ruft „Hüh!" und sie laufen los. Er und Wilhelm schlagen die Mantelkragen hoch, sie wickeln sich in Decken. Die Arbeit hat sie zum Schwitzen gebracht. Jetzt, als sie ruhig auf dem Wagen sitzen, beißt sie der Frost und sie können sich erkälten, wenn sie sich nicht gut einpacken. Rauhreif färbt ihre Augenbrauen, während sie im Heu schaukelnd nach Hause fahren.

Skifahren hinterm Heuwagen

Wenn Vater es zuläßt, machen die Kinder aus dem Heuholen
einen Sport. Sie befestigen lange Drähte an den Holzlatten
des Wagens. Am andern Ende befestigen sie an jedem Draht
einen kleinen Stock und halten sich dran fest. Der Wagen
fährt auf dem Weg, die Pferde traben, weil er leer ist und
ziehn die Skifahrer hinterher. Hans, Nancy und Wilhelm hängen
im Schlepptau. Sie können auch Bogen fahren, wenn sie die
Skispitzen hin- und herschwingen. Gefährlich ist es nur,
wenn sie auf die Felder geraten. Der Viehzaundraht guckt
noch aus dem Schnee und sie müssen erst eine Lücke finden,
um wieder auf den Weg zurückfahren zu können.
Seine ersten Ski schnitzt Wilhelm aus Brettern. Er bekommt
nicht genug Biegung in die Spitze und fällt über den kleinsten
Buckel im Schnee. Schließlich gelingt es den drei Kindern,
die Eltern zu überreden, daß sie ihnen billige Weidenski kaufen,
die sie in einem Katalog gesehn haben. Die Post bringt sie.
Sie haben einfache Bindungen: Riemen in Löchern in der Mitte
des Skis. Die Kinder haben viel Spaß mit ihnen, bis sie
schließlich zerbrechen.

Kühe tränken

Bevor Vater eine Leitung von der Pumpe in den Stall legt
und Wassertröge in den Krippen anbringt, muß die Herde
aus einem Trog draußen an der Pumpe getränkt werden.
Auch wenn es schneit und der Wind eisig bläst, wollen die Kühe
trinken. Heu und gehäckseltes Stroh machen großen Durst.
Weil es eine harte Anstrengung für beide, Menschen und Tiere,
ist, werden sie nur ein Mal am Tag getränkt, und die Kinder
müssen helfen.
Hans zieht den Pfosten aus der Verriegelung, öffnet den Stall
und treibt die Herde in die bittere Kälte. Die Kühe krümmen
die Rücken und staksen gegen den Wind zum Wassertrog.
Wilhelm hat seinen wärmsten Wintermantel angezogen.
Er hackt die Eiskruste vom Tag vorher weg. Mutter taut die
Pumpe mit einem Kessel heißen Wassers auf und pumpt. Sie
pumpt nur soviel Wasser, wie die Kühe trinken. Alles Wasser, was
im Trog bleibt, friert und muß am nächsten Tag mühsam heraus-
gehackt werden. Das Wasser ist so kalt, daß die Kühe die Zähne
spüren und die Köpfe immer wieder aus dem Wasser heben, wenn
es ihnen zu sehr wehtut.

Hühnerjagd im Schnee

Eine andere Arbeit, bei der die Kinder helfen müssen, ist das Hühnerstallreinigen. Es ist eine leichtere Arbeit als das Säubern des Kuhstalls, weil Hühnerdreck leicht ist. Aber die Hühner sind schreckhaft. Macht einer während des Reinigens eine schnelle, unerwartete Bewegung, fliegt die ganze Schar kreischend hoch. Manchmal fliegt auch ein Huhn aus der Tür in den Schnee. Dann schreit Mutter: „Wilhelm, Nancy, kommt her, fangt das Huhn ein!" Kein Tier auf der Farm ist so dumm wie ein Huhn. Es läßt sich nicht treiben wie Kühe, Pferde oder Gänse. Es geht keinen geraden Weg vor den Menschen her.
Es will gar nicht gefangen werden. Wilhelm hat Erfahrung.
Er weiß, es ist das beste, es solange zu jagen, bis es erschöpft ist. Ausdauer hat es keine. Dann umkreisen Nancy und er das Huhn und fallen plötzlich über es her. Wer Glück hat, erwischt es an einem Bein und trägt das kreischende Tier in den Stall zurück.

Auf Schlittschuhen im Moorgraben

So wenig Wilhelm Eishockey und Eisbahnlaufen mag, so sehr mag er das Schlittschuhlaufen auf dem Moorgraben. Es ist aufregend, herauszukriegen, wie viele Meilen er auf dem Entwässerungs- graben schlittschuhlaufen kann, bis er durch Schneeverwehungen gestoppt wird.

Im Frühjahr stehen ganze Meilen des Grabens unter Wasser und frieren nachts wieder fest zu. Wenn Wilhelm mit seinen Schlittschuhen hinausgleitet in die Weite, fühlt er sich frei und leicht.

Bei Frühlingsbeginn ist das Wasser oft zu warm, um ganz fest zu frieren. Die aufgeweichten Stellen bremsen die Schlittschuhe. Wilhelm stolpert und stürzt, wenn die Schlittschuhe im Schilf hängenbleiben. Einmal bricht Nancys Freundin ein und wird naß bis zur Hüfte. Sie rennt nach Hause mit Kleidern, steifgefroren wie eine Rüstung.

Holz holen

Wilhelm ist nicht begeistert, wenn er Holz für das Feuer
holen muß. Er kann es zwar im Arm vom Holzstoß ins Haus
tragen, aber er muß durch hohen Schnee stapfen. Er lädt
es daher lieber auf den Schlitten.
Um das ganze Haus zu wärmen, müßten ganze Wagenladungen
Holz durch das Kellerfenster zum Ofen gebracht werden. Der
achteckige Ofenriese frißt Pappelklötze als wären es Zweige.
Deshalb bleiben die meisten Räume ungeheizt. Wilhelm betritt
sie nur, wenn er unbedingt muß. Das Zubettgehen ist ein
solches Muß. Er rennt die Treppe rauf, hüpft aus den Kleidern –
die warme Unterwäsche läßt er an – und springt unter die
kalte Decke! Er macht sich eine behagliche Höhle und atmet,
bis die Atemluft sie erträglich warm gemacht hat.
Die Küche ist immer geheizt. Der Ofen kocht die Mahlzeiten,
trocknet die schneenassen Kleider, schmilzt Schnee zu weichem
Wasser für die Wäsche.
Holzholen ist ein tägliches Geschäft. Wenn Nancy hilft, zieht
sie den Schlitten. Wilhelm hebt die Klötze auf, die an der Seite
runterfallen, schiebt und ruft „Hüh!", wie Vater ruft, wenn er die
Pferde antreibt.

Der Blizzard

Jeden Winter gibt es einen Blizzard. In diesem Winter kommt
er überraschend. Nach vier Uhr, als Wilhelm von der Schule
kommt, fängt es an zu schneien. Zuerst sieht es wie ein
gewöhnlicher Schneefall aus. Als sie die Stallarbeit machen,
schneit es dichter und Wind kommt auf. Im Bett hört Wilhelm
den Wind um das Schlafzimmerfenster pfeifen. Er sieht nichts,
weil das Fenster von Frostblumen bedeckt ist.
Am nächsten Morgen ist draußen nichts als ein heulendes Weiß.
Es nimmt den Atem weg, wenn man den Kopf rausstreckt.
Die Schule fällt aus. Die Kinder könnten den Weg nicht finden
und würden im Schneesturm erfrieren.
Gearbeitet wird nur das Notwendigste. Aber manches muß getan
werden. Wilhelm zieht seinen Wintermantel über die Ohren.
Sein Gesicht schützt er durch eine vorgehaltene Hand.
Er kämpft sich gegen Sturm und Schnee zum Hühnerstall,
sammelt die Eier ein und gibt den Hühnern Wasser.
Die meiste Zeit sitzen die Kinder im Haus an den Küchen-
fenstern und gucken durch einen aufgetauten Kreis in den
Frostblumen in den Sturm hinaus.

Klebriges Eisen

Dem Blizzard folgt eine unheimliche Stille. Vielleicht scheint
es auch nur so still zu sein, weil sich das Ohr in den drei Tagen
und Nächten, die der Blizzard gedauert hat, an den heulenden
Lärm gewöhnte. Die Sonne glitzert über eine frische weiße
Landschaft. In der klaren Luft hören die Kinder den Eisenbahn-
zug, der drei Meilen westlich der Farm fährt, so deutlich,
als führe er auf der Straße hinter dem Viehzaun.
Als Wilhelm sich ein paar Schritte von der Farm wegwagt,
entdeckt er eine seltsame Erscheinung. Die Sonne hat zwei
kleine Regenbogen wie Anhänger an beiden Seiten, dicht über
dem Horizont. Vater sagt: „Die Sonne hat Ohren". Die Kinder
in der Schule nennen es „Sonnenhunde".
Die Deichsel des Winterschlittens ist gebrochen. Wilhelm
solle eine andre von einem Sommerwagen holen. Er watet durch
den Schnee und versucht den Bolzen, der die Deichsel hält,
herauszuziehen. Seine Fausthandschuhe sind zu klumpig.
Er zieht sie aus und packt den Bolzen mit den Fingern.
„Au!" schreit er. Seine Finger kleben am Metall, es brennt wie
Feuer. Endlich kriegt er sie los, ein Stück Haut bleibt
kleben. Diese Wintererfahrung bei 40° unter Null wird er
nicht vergessen.

Höhlen im Schnee

Die Kinder gehen wieder in die Schule. Sie können kaum die
erste Pause abwarten. Sie wollen die hohen Schneewehen
erforschen. Die größte gibt es um einen Busch im Nordwesten
des Schulhofs. Der Wind hat den Schnee über das offene Feld
hergetrieben. Der Busch hat seine Kraft gebrochen und den
Schnee in Ästen und Zweigen festgehalten. An der Oberfläche
ist der Schnee dicht und gefroren. Wenn die Kinder die obere
Kruste durchbrochen haben, durch Schaufeln oder festes
Aufspringen, können sie in lockerem Schnee zweistöckig
Kammern bauen wie in einer Bienenwabe. Die Kammern
verbinden sie mit einem Tunnel.
Von oben, die Füße vorweg, rutschen sie in die Gänge.
In der Mitte bauen sie eine große Höhle. Das Sonnenlicht
kriecht durch den Schneehaufen bis zu der Höhle und beleuchtet
sie mit Dämmerlicht. Die Kinder sind so glücklich bei ihrem
Spiel, daß sie die Glocke überhören, die das Ende der Pause
anzeigt. Der Lehrer muß die große Glocke im Turm anschlagen,
damit sie zu ihren Schulbänken zurückkehren. Die Mäntel
trocknen sie am Ofen in der Ecke des Klassenzimmers.

Schneeballschlacht

In den letzten Wintertagen ändert sich der Schnee. Er ist
nicht mehr puderig. Jetzt kann nicht einmal Hockey Wilhelms
Klassenkameraden von dem neuen Vergnügen abhalten.
Jeder will Schneebälle machen. Manchmal bauen sie auch einen
Schneemann. Aber das ist mehr Kinderkram. Für die großen
Jungen ist der Wettkampf mit Schneebällen und die Schützen-
kunst der richtige Spaß.
Zuerst wird ein Fort gebaut. Eine kleine Schneerolle wird über
den Hof gerollt. Sie klebt mit dem Schnee auf dem Boden
zusammen und wird dicker und dicker. Zuletzt müssen sie zu dritt
schieben. Jetzt ist sie groß genug und wird an die richtige Stelle
gebracht. Inzwischen kniet Wilhelm und formt den Schnee
mit bloßen Händen zu Bällen. Als seine Hände zu kalt werden,
zieht er die Handschuhe wieder an, klopft die Hände warm
und hilft das Fort fertigbauen.
Der Kampf beginnt. Sie versuchen sich gegenseitig die Mützen
vom Kopf zu werfen. Die Mützen fliegen weg, Handschuhe gehn
verloren, die Schals fallen in den Schnee. Naß und außer
Atem gehn sie nach dem Mittagessen zurück in die Klasse.

Die Tiefe der Wasserlöcher

Wenn der Frühling nahe ist, schmilzt der meiste Schnee.
Nur noch in den Mulden an den Viehzäunen liegen Reste.
Das Eis der Eisbahn ist zu holperig für die Schlittschuhe
geworden. Die ganz wilden Eishockeyspieler schliddern auf ihren
Schuhen und spielen weiter. Wilhelm geht auf Erkundung, wie
tief die Wasserlöcher sind. Da er nicht weiß, wie sehr das
Wasser schon geschmolzen ist, muß er es jeden Tag prüfen.
Das ist spannend, darum macht er es. Eis oder Schnee unter
der Wasseroberfläche können plötzlich nachgeben, dann hat
er die Gummistiefel voll mit eiskaltem Wasser. Er strampelt
rasch aus dem Loch heraus. Ein trockener Fuß ist besser als
keiner. Er leert den Stiefel aus, zieht die nasse Socke vom Fuß,
wringt sie trocken. Das Hosenbein wringt er überm Knie
und dem Schienbein aus, oder er zieht es über die Stiefel.
Wilhelm hat Erfahrung mit dem Naßwerden – gegen seinen Willen.
Ältere Jungen zwingen die jüngeren oft auf das Eis in den
Gräben vor der Schule. Sie müssen springen, damit die älteren
sehn, ob es noch hält. Natürlich brechen sie durch, und der
Lehrer muß ihre Kleider am Schulofen trocknen. Jetzt ist
Wilhelm groß genug; wenn er einbricht und naß wird, ist er
selbst schuld.

Die erste Krähe

Schnee- und Eisschmelze kommen. Sie künden an, daß der Winter bald vorbei ist. Aber Wilhelm zählt den Frühling nach einem Ereignis, das sich einen Monat vorher ereignet. In seinen Büchern steht, die Rotkehlchen wären das erste Frühlingszeichen. In der Prärie sagen viele, die Haubenlerchen würden den Frühling ankündigen. Sie stehen im allerersten Tau zu zweit und dritt in den Lachen auf den Feldern. Trotz alledem ist für Wilhelm die Rückkehr der Krähen der eigentliche Frühlingsbeginn. Vielleicht weil sie mit viel Lärm zurückkommen, genauso unüberhörbar wie das Krächzen, wenn sie am Anfang des Winters abziehen. Vielleicht auch, weil die Krähen große und schwarze Vögel sind, die sich deutlich vom Schnee abheben. Ende März kommen sie einzeln oder zu zweit. Auf dem Schulweg sichten die Kinder die erste. Der Glückliche, der sie sieht, reißt die Arme hoch und singt begeistert: „Ich seh' sie, ich seh' sie. Ich seh' die erste Krähe. Der Frühling ist da!"

William Kurelek ist ein kanadischer Maler, dessen Bilder in bedeutenden Museen in Kanada, in den USA und England hängen. Er hatte eine harte Kindheit als Sohn eines Bauern, der aus Rußland nach Kanada ausgewandert war. Die Familie lebte auf einer Farm in Manitoba, nicht weit von der nordamerikanischen Grenze entfernt. Dort hat sich das Leben so zugetragen, wie William Kurelek es in den Bildern und Geschichten dieses Buches erzählt hat.

Später, mit 16 Jahren, wurde er auf die höhere Schule in der Stadt geschickt. Dort versuchte er, seinen Freunden viel von seinen Erlebnissen und der Natur in der Prärie mitzuteilen. Aber erst als er das in seinen Bildern erzählen konnte, verstanden ihn viele Menschen. Für seine Bilder und Geschichten aus der Kindheit bekam er viele Auszeichnungen in Kanada und Amerika. William Kurelek ist 1977 mit 50 Jahren gestorben.